roman rouge

Dominique et Compagnie

Sous la direction de
Agnès Huguet

Camille Bouchard

Les magiciens de l'arc-en-ciel

Illustrations
Paule Thibault

**Catalogage avant publication de
Bibliothèque et Archives Canada**

Bouchard, Camille, 1955-
Les magiciens de l'arc-en-ciel
(Roman rouge ; 38)
Pour enfants de 6 ans et plus.

ISBN 2-89512-468-X
I. Thibault, Paule. II. Titre.
III. Collection.

PS8553.O756M33 2005 jC843'.54 C2004-942179-4
PS9553.O756M33 2005

© Les éditions Héritage inc. 2005
Tous droits réservés
Dépôts légaux : 3e trimestre 2005
Bibliothèque nationale du Québec
Bibliothèque nationale du Canada
Bibliothèque nationale de France

ISBN 2-89512-468-X
Imprimé au Canada

10 9 8 7 6 5 4 3 2 1

Direction de la collection et
direction artistique : Agnès Huguet
Conception graphique :
Primeau & Barey
Révision-correction :
Céline Vangheluwe

Dominique et compagnie

300, rue Arran
Saint-Lambert (Québec)
J4R 1K5 Canada
Téléphone : (514) 875-0327
Télécopieur : (450) 672-5448
Courriel :
dominiqueetcie@editionsheritage.com
Site Internet :
www.dominiqueetcompagnie.com

Nous remercions le Conseil des Arts du
Canada de l'aide accordée à notre programme de publication. Nous reconnaissons l'aide financière du gouvernement du
Canada par l'entremise du Programme
d'aide au développement de l'industrie de
l'édition (PADIÉ) pour nos activités d'édition.

Nous reconnaissons l'aide financière du
gouvernement du Québec par l'entremise
du Programme de crédit d'impôt pour l'édition de livres – SODEC – et du Programme
d'aide aux entreprises du livre et de
l'édition spécialisée.

À Fanick et Taël

Chapitre 1

L'orage

Le soleil de juin réchauffe les champs. Les bourgeons éclosent de partout, les pommiers sont en fleur et de nombreux insectes bourdonnent ou craquettent dans les herbes. C'est un beau samedi.

Mathilde et Louis, qui sont frère et sœur, ont choisi d'aller à la chasse aux papillons. Ils accompagnent leur ami Pinso, un grand gaillard que les autres enfants du village ont tendance à dédaigner. En effet, on dit

de Pinso qu'il est stupide, qu'il ne sait ni lire ni écrire ni aller à bicyclette… On dit aussi qu'il s'habille d'une drôle de façon avec ses pantalons trop grands, ses bretelles trop larges, ses chemises trop colorées… Bref, on prétend qu'il n'est qu'un idiot ; l'idiot du village. Pourtant, quand on le connaît mieux, on découvre que Pinso est très gentil et qu'il n'est pas si stupide. Bien souvent, il sait des choses que les autres ignorent.

Les trois amis courent dans les prés, armés chacun d'un filet. Ils s'amusent tant à poursuivre les insectes aux couleurs vives qu'ils ne remarquent pas le gros nuage noir qui se forme à l'horizon. Bien que le soleil continue de briller au-dessus de leurs têtes, un second nuage apparaît plus à l'ouest, puis un troisième, et bientôt, le ciel s'obscurcit.

—Oh ! oh ! On dirait que quelqu'un vient de fermer les rideaux, plaisante Louis.

—Il va pleuvoir, s'inquiète Mathilde en levant un regard soucieux vers le ciel. Il faut vite se mettre à l'abri, sinon nous serons trempés.

Comme pour lui donner raison, un grondement, venu de loin, se fait entendre.

—Le tonnerre ! s'exclame Pinso. Chouette ! On va voir des éclairs.

—Ah ! Ne restons pas ici ! lance Mathilde. Courons.

Le filet à papillons sur l'épaule, les trois amis détalent tandis que des gouttes lourdes et chaudes commencent à tomber. Ils sont atteints sur le front, les joues, le nez, les épaules, le dos… Un éclair illumine tout à coup le paysage, suivi aussitôt de l'explosion du tonnerre.

–Nous n'aurons pas le temps de nous rendre jusqu'à la maison, remarque Louis, essoufflé.

–Là-bas ! crie Pinso. Vite ! Allons nous abriter sous cet arbre !

–Non ! réplique Mathilde. C'est trop dangereux ; les arbres attirent la foudre. Il ne faut jamais y trouver refuge pendant un orage.

–Mais où alors ? se plaint Louis. Il pleut maintenant à boire debout.

Mathilde pointe un index en l'air ; elle a une idée.

—À la vieille grange abandonnée, propose-t-elle. Ce n'est pas très loin et nous y serons à l'abri des éclairs et de la pluie.

—Vite ! hurle Pinso dont la voix est presque couverte par les coups de tonnerre. Si nous ne nous dépêchons pas, nous serons aussi mouillés qu'une éponge oubliée dans la baignoire.

Abandonnant la direction de l'arbre, les trois amis se remettent à courir de plus belle tandis que le ciel déverse sur eux toute sa réserve de pluie. Lorsqu'ils atteignent enfin la grange, ils sont trempés des pieds à la tête.

Chapitre 2

L'arc-en-ciel

Mathilde, Louis et Pinso attendent patiemment dans la vieille grange que l'orage cesse. Maintenant qu'ils sont en sécurité, ils se plaisent à observer les éclairs qui zigzaguent dans le ciel et vont frapper les champs dans le lointain.

– Oh ! Avez-vous vu celui-là ? s'émerveille Louis. Il était si éblouissant !

Comme pour lui répondre, le tonnerre claque dans la seconde qui

suit, aussi fort qu'un coup de fusil. Les trois amis se bouchent les oreilles en riant.

D'autres éclairs suivent, mais à un rythme ralenti, et toujours plus loin à l'horizon.

– L'orage s'éloigne, remarque Mathilde, un soupçon de tristesse dans la voix. Comme c'est dommage !

– C'est vrai, approuve Louis. Le tonnerre prend de plus en plus de temps à se faire entendre après l'éclair.

– C'est déjà terminé, mais ça ne fait rien, conclut Pinso. On s'est bien amusés et on a assisté à un beau spectacle.

– Oui, acquiesce Mathilde. Toutefois, j'aurais préféré rester au sec. Je suis si mouillée qu'on dirait que j'ai pris mon bain tout habillée.

Les trois amis éclatent de rire en s'observant les uns les autres, leurs cheveux dégoulinant de chaque côté du visage, leurs vêtements collés sur la peau, leurs chaussures pareilles à des piscines. Pendant ce temps, le soleil réapparaît dans une trouée de nuages.

– Oh ! regardez ! s'exclame Louis en pointant le doigt devant lui. Un arc-en-ciel !

Devant eux, en effet, à moins d'un kilomètre, une immense colonne de lumière colorée s'élève d'entre les herbes en courbant l'échine.

– Comme c'est curieux, s'étonne Pinso.

– Quoi donc ? demande Mathilde.

– L'arc-en-ciel est incomplet. Il ne monte pas très haut.

Les enfants constatent que leur ami a raison. Au loin, une seconde arcade s'ébauche, mais s'arrête bien avant de rejoindre la première.

−Ça signifie quoi ? s'informe Louis.

−Que mes deux amis les farfadets ont des problèmes, répond Pinso.

−Quoi ? s'étonne Mathilde. Des farfadets ? Quels farfadets ?

—Les farfadets qui peignent les arcs-en-ciel, répond Pinso en continuant de fixer le début d'arcade avec un air soucieux. D'habitude, ils sont très rapides pour appliquer les couleurs. Je ne comprends pas ce qui les retarde.

—Mais qu'est-ce que tu racontes ? proteste Mathilde avec une expression irritée. Tu te moques de nous, Pinso ?

—Pas du tout, affirme le grand gar-
çon. D'ailleurs, vous allez pouvoir
en juger rapidement, car je vais
courir m'informer de ce qui les em-
pêche de peindre l'arc-en-ciel au
complet. Vous venez?

Et, sans attendre leur réponse,
Pinso quitte la grange pour s'élancer
au milieu des herbes mouillées.

Chapitre 3

Les farfadets

Les trois amis courent en direction de l'arc-en-ciel en repoussant la végétation humide qui les mouille encore plus. Ils arrivent bien vite à l'endroit où se dressent, collées les unes aux autres, six bandes lumineuses de couleurs différentes.

— Wow ! s'écrie Louis, émerveillé. C'est la première fois que je m'approche d'un arc-en-ciel au point de le toucher. C'est magnifique !

– Vous ne pouvez pas faire attention ! grogne tout à coup une voix menue. Non mais ! Non mais !

Mathilde pousse un cri de surprise en apercevant le personnage qui passe à côté de sa jambe. Il est si petit qu'il ne lui arrive pas plus haut que le genou. Un seau et un rouleau à peinture à la main, il avance en ronchonnant :

– Vous avez failli marcher sur moi, jeune fille. Regardez où vous mettez les pieds ! Non mais ! Non mais ! Laissez-moi passer ; j'ai du travail.

Mathilde n'en revient pas ; il est aussi petit que la poupée placée sur son lit. Le farfadet est vêtu d'un pantalon bleu, d'une chemise jaune, de bretelles rouges… En fait, il est aussi coloré que l'arc-en-ciel. Sur sa tête, un chapeau vert pointu s'agite à chacun de ses mouvements.

– Salut, Prisme ! l'accueille Pinso.
Justement, je te cherchais.

– Ah ! Pinso. Salut, salut, rétorque le
farfadet sans arrêter de circuler autour des enfants au pied de l'arc-en-ciel. Comment vas-tu ? Excuse-moi,
je suis pressé. J'ai du travail.

– Où est Iris ? demande Pinso.

– Je suis ici, Pinso ! répond une autre
voix menue. Je suis ici. Mais oui !
Mais oui !

– C'est une « farfadette », murmure
Louis à Mathilde. Regarde, elle porte
une jupette à bretelles.

– Ça alors ! chuchote Mathilde à son tour. Je ne savais pas que les lutins existaient réellement.

– Où étais-tu ? demande Prisme à Iris. Il y a du travail à faire ; nous sommes pressés. Non mais ! Non mais !

– J'étais à mon poste, prétend Iris, une pointe de colère dans la voix. Je peignais l'autre pied de l'arc-en-ciel. Mais oui ! Mais oui !

–Qu'est-ce qui se passe ? demande Pinso. Pourquoi l'arc-en-ciel est-il inachevé ? Vous manquez de temps ?

–Pas du tout ! répond Prisme en brandissant son rouleau. Iris a oublié d'apporter suffisamment de peinture de lumière. Non mais ! Non mais !

–Je n'ai rien oublié du tout, proteste la fille farfadet. J'ai amené tout ce qui restait de peinture. C'est toi qui as oublié l'endroit où tu as rangé les pots tout neufs. Mais oui ! Mais oui !

– Non mais ! Non mais !

Pinso s'interpose.

– Lors du dernier orage, rappelle-
t-il, l'arc-en-ciel était tout près de chez
moi ; vous m'avez demandé d'entre-
poser les pots de peinture dans ma
cabane. Vous vous souvenez ? Vous
avez laissé tout votre matériel dans
mon réduit.

Les deux farfadets tournent vers lui
leurs yeux écarquillés.

– Chez toi ? demande Prisme.

– Chez toi ? répète Iris.

– Mais oui ! Mais oui ! répond Pinso. Enfin, je veux dire : c'est bien cela.

– Vite alors ! s'exclament les farfadets de concert. Allons les chercher !

Chapitre 4

Les peintres

Mathilde et Louis accompagnent Pinso et les deux farfadets. Tous les cinq courent vers la cabane de Pinso où ont été entreposés les pots et le matériel de peinture.

— Les voilà ! s'écrie Pinso en désignant une série de grands seaux de toutes les couleurs, empilés les uns sur les autres.

— Que chacun prenne tous les pots, rouleaux et bacs qu'il peut porter, ordonne Prisme, et retournons vite à

l'arc-en-ciel. Non mais ! Non mais !

Deux minutes plus tard, Mathilde et Louis, les bras chargés de rouleaux et de bacs à peinture, galopent à côté de Pinso. Ce dernier pousse une brouette qui déborde de pots de couleur et sur lesquels sont assis les farfadets. Quand ils arrivent près du pied de l'arc-en-ciel, Prisme leur donne de nouvelles instructions.

— Louis et Mathilde, accompagnez Iris jusqu'à l'autre base, là-bas. Les

filles, vous peindrez chacune trois couleurs en même temps avec les rouleaux. Louis, tu les alimenteras avec les bacs. Pinso et moi allons nous occuper de cette partie de l'arc-en-ciel.

– Mais oui ! Mais oui ! approuve Iris. Venez, les enfants.

Et les voilà partis tous les trois en courant tandis que Pinso et Prisme commencent à appliquer les couleurs sur la première section de l'arc-en-ciel.

—Nous y sommes, dit Iris. Louis, ouvre tous les pots et verse leur contenu dans les bacs. Mathilde, prends un rouleau et trempe chaque extrémité et le centre dans une couleur différente. Vite! Avant que le nuage chargé de pluie soit disparu.

—Nous peignons sur le nuage? s'informe Mathilde.

—Mais oui! Mais oui!

Louis ouvre le premier contenant et, au lieu d'une peinture ordinaire,

découvre un liquide à la fois visqueux et lumineux.

– Wow ! s'exclame-t-il. De la lumière en pot !

Mathilde imite Iris qui trempe son rouleau dans trois couleurs différentes. Toutes deux s'approchent ensuite de l'arc-en-ciel. La fillette lève les yeux vers l'endroit où Iris a manqué de peinture.

– C'est beaucoup trop haut, dit-elle. Comment allons-nous monter ?

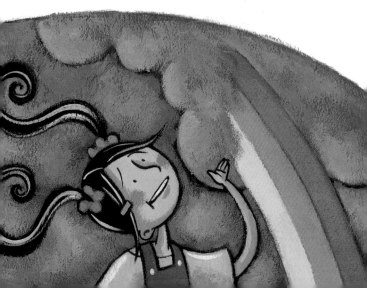

– En nous servant de l'escabeau, répond Iris.

– Un escabeau ? Où ça ?

– Ici.

La fille farfadet désigne une fine structure presque invisible en forme d'escalier.

– Ça alors ! s'étonne Mathilde. On dirait un escalier fait avec des gouttes de pluie.

– C'est bien cela, confirme Iris. Vite, monte avec moi ; le nuage commence déjà à s'estomper.

– C'est assez solide pour supporter notre poids ?

– Mais oui ! Mais oui !

Comme pour prouver ses dires, Iris s'élance sur les marches de l'escalier de pluie. Le rouleau tendu au bout de son bras, elle applique trois couleurs simultanément. Riant d'excitation, Mathilde se précipite à son

tour, imitant la fille farfadet, peignant elle aussi ses trois couleurs. En moins de trente secondes, courant sur l'escalier déployé jusqu'au sommet de l'arc-en-ciel, Iris et Mathilde rejoignent Pinso et Prisme. Ces deux derniers mettent la touche finale au moment où tous les quatre se rencontrent.

— Magnifique ! s'écrie Louis qui est demeuré seul en bas. Vraiment, vraiment magnifique !

Chapitre 5

Les couleurs de la lumière

L'arc-en-ciel, peint en entier au-dessus des champs, brille comme un bijou. Il renvoie six splendides couleurs de la lumière : rouge, orange, jaune, vert, bleu et violet.

— Vite ! crie Louis à ses quatre amis demeurés au sommet de l'escalier de pluie. Descendez voir comme c'est beau !

— Allons-y ! approuve Mathilde qui commence à avoir un peu le vertige.

Je veux voir notre chef-d'œuvre d'en bas.

Contournant Iris afin d'être la première à descendre, la fillette agite son rouleau sans prendre garde et échappe une grosse goutte de couleur verte. Louis, qui a toujours le visage tourné vers le ciel, reçoit la peinture en plein sur le nez.

–Hé ! Fais attention ! lance-t-il à Mathilde en prenant un air fâché.

En le voyant ainsi, le nez tout vert, sa sœur éclate de rire. Pinso, Prisme et Iris, apercevant Louis à leur tour, ne peuvent s'empêcher de s'esclaffer :

–Ha, ha, ha ! Ton nez brille comme une boule dans un sapin de Noël.

– Ce n'est pas drôle, se plaint Louis, la mine attristée. J'ai l'air de quoi, maintenant ?

– Ne t'en fais pas, le rassure Iris tandis qu'elle descend l'escalier de pluie derrière Mathilde. La peinture de l'arc-en-ciel ne dure pas éternellement. Dans quelques minutes, ton nez sera redevenu comme avant.

– Vous êtes sûre ? demande Louis.

– Mais oui ! Mais oui !

– On n'est pas des menteurs !
ajoute Prisme.

– Non mais ! Non mais ! poursuit
Mathilde pour se moquer du farfadet.

Cette fois, Louis aussi éclate de
rire.

Maintenant, tous regroupés au pied
de l'arc-en-ciel, les cinq amis admi-
rent leur beau travail. Ils savent qu'ils

doivent goûter chaque seconde,
car les couleurs dont on peint les
arcs-en-ciel ne brillent jamais très
longtemps.

Dans la même collection

Achevé d'imprimer en août 2005
sur les presses de Imprimerie L'Empreinte inc.
à Ville Saint-Laurent (Québec)